L'OBUS

PAR

H. VRIGNAULT

Prix : 50 centimes

PARIS

EN VENTE A LA LIBRAIRIE, RUE COQ-HÉRON, 5

CHEZ TOUS LES LIBRAIRES

ET DANS TOUS LES KIOSQUES

1871

L'OBUS

PAR

H. VRIGNAULT

1871

L'OBUS

PAR

H. VRIGNAULT

I

Il y a quelques jours, un député de Paris, M. Brunet, disait à la tribune de Versailles :

« C'est un malentendu qui divise la France et Paris. »

L'Assemblée de se récrier. L'Assemblée avait tort ; mais M. Brunet n'avait pas raison.

L'Assemblée et la Commune, Paris et la France ne sont pas divisés; leurs troupes se battent, cela est vrai; mais pour l'apparence ; et même on peut remarquer que les membres de ces deux réunions évitent avec un soin pieux tout danger personnel. Cela est naturel : elles sont d'accord.

J'entends d'ici des cris d'indignation, des protestations furieuses ; je répète :

Elles sont d'accord.

***

Une question : Qu'est-ce qu'être d'accord?

Est-ce parler de même, user des mêmes moyens, passer par la même route?

Non; c'est tendre au même but et concourir au même résultat.

Si cela est — et cela est — l'Assemblée de Versailles et la Commune de Paris sont absolument d'accord.

Elles assurent toutes deux, par des moyens identiques sinon semblables, trois choses :

La mort de la République;

La léthargie de la liberté,

Et la restauration de l'empire.

***

Pour un âne enlevé, deux voleurs se battaient
. . . .
Survient un troisième larron,
Qui. . . . .

L'âne, ici, c'est la France.

Pauvre France! Ce n'était pas assez du Prussien. Lui, au moins, c'était le voleur de grand chemin, le détrousseur à main armée, jouant sa vie dans la lutte, mort s'il était vaincu; mais l'autre... !

***

L'autre, le troisième larron, c'est l'empire.

Ne le voyez-vous pas, fous qui pratiquez vos petites manœuvres à Versailles, énergumènes à froid qui perpétrez vos folies calculées à Paris ; ne le voyez-vous pas venir, le sourire aux lèvres, la main ouverte, la bourse pleine ?

Croyez-vous qu'il cherche en Suisse des souvenirs de famille ou des paysages pittoresques ?

Non ; il s'organise !

***

On dit qu'à Versailles, dans cette rue des Réservoirs, nouveau boulevard de *Gand*, où la fine fleur des émigrés fait des mots et défait des ministères, circulent les piliers de l'empire, les arcadiens solides et les centres-droits repentants ; que la grande ombre de Rouher (1) aurait été aperçue dans la cour du Maroc, et la silhouette de Persigny près du vestibule d'honneur.

---

(1) Nous ne prétendons pas affirmer que M. Rouher ou les autres personnages que nous nommons soient à Versailles. Ce que

*
* *

Nous n'en savons rien, n'y voulant aller voir; mais quelqu'un qui l'a vu—a beau mentir qui vient de loin — nous assure que Bernier (1) qui fut juge — Blois s'en souvient — et Cresson, que le départ de Kératry fit préfet de police, ont passé se donnant le bras

---

nous affirmons, c'est que l'empire y est largement et sérieusement représenté.

(1) Un ami venant de Versailles m'a affirmé ce fait; d'autre part, on me dit que M. Bernier est mort. Mon ami aurait sans doute alors pris quelque juge d'instruction de l'empire pour celui qui fut le type du rôle; cela ne s'appelle-t-il pas en rhétorique une onomatopée?

dans l'avenue de Paris. Marseille, le commissaire qui saisit, sans pouvoir l'éteindre, la *Lanterne* de Rochefort, les regardait d'un air ému, tandis qu'il contresignait la défense de crier à Versailles les journaux de Paris, édictée par M. Picard, deux fois ministre.

Cela ne vous donne-t-il pas à penser, ruraux, puisqu'ainsi l'on vous nomme ; et, dans votre sommeil sous les lambris dorés de la galerie des Glaces, dans ce dortoir où vos bonnets de coton remplacent les perruques gigantesques des courtisans du grand roi, ne vous êtes vous pas demandé : Que veulent ici tous ces gens ?

***

Nous, Parisiens quand même ou parce que, républicains convaincus et entêtés, nous nous inquiétons plus facilement, nous n'aimons pas, sachez-le, cette marée montante d'influences et de célébrités d'outre-Sedan. Pour un soldat que la fortune a trahi et dont le retour nous plaît, nous voyons revenir trop de gros messieurs qui avaient trahi la fortune et autre chose avec. Cela ne nous plaît guère. Il faut y veiller, bons ruraux; noblesse oblige, dit le proverbe ; mandat aussi. Vous n'êtes pas d'accord, nous le savons de reste, sur ce que la France vous a chargé de faire; mais vous savez tous ce qu'elle vous a chargé de ne pas refaire : c'est l'empire. Prenez garde à votre mandat; sentinelles, prenez garde à vous !

Et vous, communaux, communeux ou communalistes — je ne dis pas communistes et je ne sais trop pourquoi : le tiroir vide de Chaudey, la caisse confisquée de la compagnie du gaz, les vases sacrés — par pour vous — des églises pourraient justifier le mot; mais je ne veux pas être méchant, et, comme votre *Officiel*, je mets tout cela sur le compte du zèle. C'est par excès de zèle, l'*Officiel* le déclare, que les gardes nationaux chargés de rechercher des fusils avaient emporté 183,210 fr. 32 c. On a tout rendu, même les 32 c., c'est tout simple ; un écu ressemble tant à un chassepot; un ostensoir aussi, sans doute ? Oh ! le zèle ! le zèle ! et que M. de Talleyrand avait raison.

Fermons la parenthèse.

Vous donc, messieurs de la Commune

de Paris, vous aussi qui soutenez ces messieurs dans vos journaux, vous enfin qui, bravement, depuis trois semaines, sur l'ordre de ces messieurs, vous battez contre l'armée de Versailles; vous êtes-vous demandé le fin fond et le fin mot de certaines démissions? Avez-vous cherché à comprendre pourquoi tous les politiques, tous les écrivains connus ont disparu des délégations au dernier tour de scrutin et ce que veut dire le triomphe de cette majorité de la Commune qui a émis et qui pratique le principe de l'arbitraire en matière électorale, qui a inventé et qui exploite la loi-caoutchouc allant à toutes les tailles et s'ajustant à toutes les popularités, la joie des ambitieux et la tranquillité des faiseurs de coups d'Etat?

***

Pyat a voulu partir, et Delescluze se plaint de son devoir qui l'attache au rivage.

Beslay est malade; Miot ne dit rien; et n'en augure pas mieux; mais on voit monter à la surface ou sortir de prison ceux qui lisent, — faut-il en croire la chronique? — les feuilles bonapartistes écloses sous un ciel étranger, ou ceux qui, en d'autres temps, amis des faiseurs à la mode, aspiraient à l'honneur fructueux de rédiger ces mêmes feuilles. Belle époque! Grande époque! diraient Duvernois et Dusautoy, son compère.

***

Le Comité central vit encore; qui donc disait qu'il avait vécu? Communeux, mes ennemis, vous avez oublié le mandat que vous vous étiez donné à vous-mêmes; ce mandat pourtant avait du bon. Vous vouliez affranchir Paris; c'était au début cela; on vous a menés plus loin, je vous crie : casse-cou; vous voyez que je n'ai pas de rancunes.

Le Comité central ne me dit rien qui vaille; je n'aime pas non plus tous ces étrangers; ces gens-là m'inquiètent pour notre République autant et au même titre que les voltigeurs de Wilhelmshohe. Je sens entre eux je ne sais quel air de famille : même oubli du sentiment national, mêmes théories humanitaires, même mépris des frontières, surtout de celles qu'un honnête gouvernement, comme un honnête homme, ne franchit qu'en violant la liberté d'autrui, ou en sacrifiant sa propre conscience. Non, en vérité, je n'aime pas cela.

Cela est mauvais, je vous l'assure ; on ne fonde pas un gouvernement par les moyens que vous prenez. On aurait intérêt à le faire haïr et à le rendre impossible que, ma foi, on ne ferait pas mieux. Car vous avez beau dire que Paris n'a jamais été plus tranquille ; les magasins fermés, les usines vides, la Bourse en chômage, les gares pleines de partants, les arrestations que vous faites, ces bataillons que vous traînez au feu et qui, devant fournir 10,000 hommes, en envoient 40, parlent contre vous.

Quarante, pas un de plus ; c'est le citoyen Moutonnet, officier d'état-major, qui l'a dit : Quarante au lieu de dix mille ; jamais Xénophon n'eût fait avec quarante hommes sa retraite légendaire. Cela n'est pas naturel, et une ville réduite où en est Paris s'appelle dans toutes les langues une ville terrorisée ; il n'y a pas à dire. Eh bien! le tort de votre terreur, c'est de vous faire haïr, ce qui m'est bien égal ; mais de déconsidérer en même temps la République, ce qui m'irrite, et l'idée juste de la municipalité libre, ce qui m'enrage.

***

Versailles aussi a sa petite terreur, terreur moutonnière, terreur de salon, qui consiste à tenir les esprits dans une surexcitation fébrile, à multiplier les émotions et à retarder le dénouement.

On n'y déconsidère pas la République; on ne la fait pas haïr; on la rend... pardon, on la rendrait ridicule si cela se pouvait faire. Ils sont là quelques républicains, n'ayant plus du sac que l'étiquette, et, par pieux souvenir, l'ayant collée au portefeuille qu'ils ont conquis et qu'ils veulent garder.

Il y a quelques mois, ils défendaient à la tribune les principes qu'ils contournent aujourd'hui ; à l'opposé des revenants de 1815, ils ont beaucoup appris et tout oublié.

*
* *

Par bonheur, à côté d'eux ou au-dessus, quelques hommes ont fait avec la République un mariage de raison ; ces mariages ne sont pas les moins solides ni les moins heureux.

Quand je parle de conciliation — ce qui m'a valu de rudes horions dans les deux camps — c'est à ces hommes que je m'adresse. A Paris, je m'adresse aux hommes convaincus — et il y en a — à ceux qui, dans les séances de la Commune, ont soutenu l'autorité du suffrage universel, combattu les mesures arbitraires et réclamé la liberté que les autres, pseudo-républicains, s'empressaient d'étouffer.

Puissent ces hommes s'entendre ; cela n'est pas impossible ; au fond, ils veulent la même chose ; puissent-ils s'entendre vite, car le temps presse et petit empire vit encore.

Voyons, ne serait-il pas temps de changer la face du combat et de prendre d'autres armes ? Si au lieu de se battre à coups de canon et à coups de décrets arbitraires ou de lois insuffisantes, vous vous battiez à coups de libertés. Ce serait fort original et — j'en suis sûr — très-fructueux. Deux pouvoirs rivaux, au lieu de travailler à qui se fera le plus craindre, s'efforçant à qui se fera le plus aimer. C'est une proposition séduisante et nous la faisons ferme, comme on dirait à la Bourse. Y a-t-il preneur ?

***

Il y a trois semaines environ, peut-être un mois, quand Versailles n'était pas encore aussi loin de Paris et qu'on y pouvait aller, un rural, m'entendant émettre un programme assez complet des franchises municipales, s'écria :

— Nous ne vous donnerons rien.

— Monsieur, lui dis-je, je ne vous parle pas, je ne vous connais pas, enfin je ne vous demande rien, mais vous nous donnerez tout.

Le rural s'éloigna, boudeur.

Un rural doit être chasseur ; tout chasseur sait qu'il est habile d'attendre le lièvre à la randonnée ; nous attendons le lièvre, et il viendra.

Seulement, gare au braconnier. Car il y a un braconnier. Le *Bon rouge* de la

Vérité, qui est un homme perspicace, prétend l'avoir vu dans la plaine Saint-Denis. Le *Bon rouge* pourrait avoir raison. Gare au braconnier!

***

J'aime beaucoup les hypothèses ou suppositions ; une supposition donc.

Je suppose que le margrave de Wilhemshohe lance une proclamation. Cela ne coûte pas cher, une proclamation. Pour quelques centimes d'encre et de papier, pour quelques billets de frais d'impression, plus un ou deux quarterons de promesses fallacieuses, de phrases à effet, de désintéressement ému, toutes choses sans valeur précise, et dont tous les magasins gouvernementaux sont remplis, on en voit la farce.

Je suppose que cette proclamation commence par ces mots :

« Français,

» Eclairé par une douloureuse expérience, j'en appelle à la liberté pour guérir les plaies de la patrie, etc., etc.»

***

On voit cela d'ici et, à la suite, un programme : abdication, libertés politiques, émancipation sociale, franchises municipales — sur le papier, bien entendu. Tout cela bien tourné, par quelque habile manieur de plume; eh ! l'effet serait grand.

Qu'est-ce que cela coûte de promettre, quand on n'est pas au pouvoir? Voyez la Commune, comme le disait si bien le citoyen Arthur Arnould, pas plutôt au pouvoir qu'elle retire toutes les libertés pour lesquelles elle a combattu et qu'elle devait nous donner toutes rôties. Gambetta n'a-t-il pas fait son plus beau discours contre la raison d'État; et en a-t-il assez usé de cette raison d'État qui mène tous les gouvernants à l'état de folie?

⁂

Si j'étais de l'Assemblée de Versailles et de la Commune de Paris, au lieu de continuer la chasse au phénix royaliste — c'est-à-dire à une restauration — ou la poursuite du châstre communal, — c'est-à-dire de la fédération des 40,000 communes de France, — j'aurais l'œil ouvert sur le braconnier et je tremblerais de voir arriver la proclamation susdite. Versailles dit qu'il vient à la France ; Paris prétend que la France lui vient ; toujours l'histoire de l'âne enlevé. J'ai déjà cité cette fable.

***

Comment empêcher cela? Parbleu, la chose est des plus simples, en donnant tôt et vite ce que l'autre, le troisième, ne peut que promettre. Cela coûtera moins cher encore que ladite proclamation : quelques lignes dans l'*Officiel* de Wittersheim, quelques lignes dans l'*Of-*

ficiel du quai Voltaire, — père et mère inconnus, — et l'affaire est faite ; et — je frémis d'impatience et de rage — et la France et la République sont sauvées ; oui, sauvées !

Le voudra-t-on ? Est-ce donc si difficile ? Quoi à faire ?

Reconnaître la République. — Il n'y a pas grand mérite ; le reste est impossible.

Accorder l'élection de tous les maires.

Donner aux Conseils généraux la gestion des départements ;

Aux Conseils cantonaux celle des cantons ;

Aux Conseils municipaux, celle des communes.

Regardez-y bien, vous qu'on appelle ruraux — ce qui à mes yeux n'est pas une injure, car il y a des urbains bien laids et bien maladroits — croyez-vous qu'avec cela vous seriez dominés, écrasés, annihilés ? Point. Vous feriez vos affaires vous-mêmes ; et qui s'en plaindrait ? Pas vous, je l'espère.

***

Paris ?

Non, Paris serait rassuré et calmé par

ce programme. Oh ! je sais, le mot d'ordre là-bas, c'est : Nous nous moquons bien de Paris.

Entre nous, votre mot d'ordre ne dit pas la vérité : vous vous souciez de Paris, et beaucoup ; et vous désirez voir Paris calme, et vous avez raison. Sans Paris, il n'y a pas de France.

Paris serait rassuré et pacifié, parce que ce programme est le sien — pas celui de la Commune, vous entendez ; celui de Paris — et puis parce qu'il le tiendrait de la République.

C'est la condition préalable.

« A cheval donné on ne regarde pas à la bride », dit le proverbe.

Le proverbe a tort en politique; témoin la charte octroyée et ses conséquences.

Donc, regardons à la bride ; or la bride, c'est la forme de gouvernement. Il n'y a pas à chercher midi à quatorze heures; la politique est un monde à part; les axiomes, comme les proverbes, y sont bouleversés. En politique — ce n'est pas comme au palais — la recherche de la paternité est permise.

Nous voulons savoir quel dieu nous fera des loisirs, et choisir notre dieu : liberté de conscience.

Eh bien ! le seul qui les puisse faire, inspirant confiance à tous, réunissant tous les citoyens dans une même pensée et dans un égal oubli de leurs idées étroites, c'est la République. N'est-ce pas M. Thiers qui l'a dit?

Je l'ai entendu de sa bouche, et bien d'autres aussi ; non pas en des séances solennelles, mais dans des conversations presque intimes, et je n'oublierai jamais le ton dont il le disait devant quelques amis, quatre ou cinq tout au plus, le 31 octobre 1870, en quittant Paris.

***

L'homme qui a dit cela est à la tête de la France ; il n'est pas de ceux qui oublient leurs promesses; l'heure est venue d'agir.

La Commune dit qu'elle veut nous assurer la République, elle ne le peut seule.

L'Assemblée peut nous la donner, elle ne le veut;

Celui qui, unissant ce pouvoir et cette volonté, donnera à la France le seul terrain sur lequel elle puisse revivre, se régénérer, refaire ses forces épuisées, marcher vers un nouvel avenir, au fier soleil de la liberté, par le travail, l'économie et la responsabilité individuelle, celui-là aura bien mérité de la patrie.

Mais gare, gare au braconnier, au

troisième larron; gare à celui qui peut tout promettre et qui ne mesure pas les programmes ni les libertés écrites, dont il voile son despotisme en action; gare à celui qui a mené la France à Sedan au cri de : « L'empire c'est la paix! »

***

Chimère, dira-t-on; non, rêve tout au plus aujourd'hui, et demain réalité. Car il faudra y venir, entendez-vous ; il faudra que vous arriviez à l'union; si ce n'est pas avant, quand l'ennemi est dehors, ce sera après, quand il sera dans la place. Sinon la logique implacable des faits, la lassitude, l'ennui, la ruine, réunis en tribunal suprême, en cour martiale sans appel, condamneront la France à l'empire forcé à perpétuité.

***

N'avez-vous pas eu une pensée, vous tous, bons citoyens qui voulez bien me lire? Cette pensée, la voici :

« Si les deux armées — Versailles et Paris — se réunissaient et tombaient ensemble sur les Prussiens. »

Pensée folle, soit; mais vous l'avez

cue, moi aussi ; vous l'avez repoussée, moi aussi ; et nous avons eu raison ; c'eût été une déloyauté, et d'ailleurs l'ennemi, à cette heure, l'ennemi dangereux, menaçant, ce n'est plus le Prussien ; c'est l'ennemi de la maison, le Tartuffe que nous avons nourri, engraissé, Dieu sait comme ; celui qui nous a pris plus de cinq milliards, car il nous a pris l'honneur ; celui qui a fait litière à ses ambitions et à la cupidité de ses valets de nos biens les plus précieux.

J'ai nommé l'empire.

Pourquoi ne vous réunissez-vous pas contre lui ; non pas les armes à la main, mais la main dans la main ?

Pourquoi ne lui dites-vous pas d'une même voix :

C'est ici la République ; on ne passe pas ; quand même vous seriez le petit caporal, on ne passe pas !

On a suspendu les hostilités pour permettre aux habitants de Neuilly d'émigrer ; si on les suspendait pour regarder un peu d'où souffle le vent impérial ?...

L'empire se relève ; comme la fée Carabosse oubliée à la fête ; il arrive ; il est là tout près ; il a dressé ses batteries, des batteries masquées ; il a tiré le premier coup ; l'obus est en l'air ; il siffle ; je l'entends :

Gare l'obus !

II

Ce qui me surprend dans ce qui se passe, c'est l'aveuglement des adversaires.

L'un, tout ferré sur son droit, tout farci de formules parlementaires, âpre à la résistance, se jette contre l'évidence et s'irrite même des mots conciliants.

Je n'aime pas les insinuations et je

nomme qui j'attaque ; c'est ici M. Dufaure, ministre de la justice.

M. Dufaure a fait une circulaire; point ne lui en veux ; il l'adresse aux procureurs généraux, ce qui est fort naturel chez un garde des sceaux. Le ton en est sévère ; cela s'explique encore ; les couleurs, peut-être un peu foncées, on veut influencer la province ; nous ne trouvons pas grand'chose à dire jusque-là ; on est en guerre; on fait la guerre.

Mais nous crions : Holà ! quand nous lisons ceci ;

« *Ne vous laissez pas arrêter lorsque, dans un langage plus modéré en apparence sans être moins dangereux, ils se font les apôtres d'une conciliation à laquelle ils ne croient pas eux-mêmes.., »*

⁂

Voilà, en vérité, qui est fort agréable pour ces bonnes gens — j'en suis, et je m'en fais honneur — qui s'efforcent, au prix même de leur liberté, d'amener la paix.

Voilà qui est fort gracieux pour les citoyens — nous en pourrions nommer — qui ont rompu leurs attaches avec leurs anciens amis de la Commune pour prêcher la conciliation.

Voilà qui est plein d'aménité pour ces conseils municipaux et ces maires de province qui viennent à Versailles prêcher — pauvres fous — la fraternité.

Enfin cela doit avoir vivement touché le chef du pouvoir exécutif, qui a écouté tous ces conseils, accueilli toutes ces prières et répondu chaque fois, une entre autres, par des promesses formelles d'amnistie.

Je ne nie point qu'il n'y ait de fausses brebis dans le troupeau des négociateurs, quelques renards déguisant mal l'odeur du fauve, tendeurs de piéges et rusés endormeurs.

Je sais que d'autres appartiennent de temps immémorial au troupeau de Panurge, sautant parce qu'on saute, bêlant si devant eux on a bêlé.

Mais il est dans le nombre des cœurs loyaux et des esprits fermes, qui, sentant venir un péril plus grand, voyant se projeter sur ce champ de bataille sinistre une ombre menaçante, s'écrient : Arrêtez-vous !

N'eût-il pas été possible de dire un mot de ces hommes?

***

N'en déplaise à M. Dufaure, la conciliation a du bon, et ceux qui la prêchent ne sont pas gens à pendre; or, quand on lit la seconde partie de sa circulaire, d'honneur, c'est à en avoir la respiration coupée.

Vous êtes le droit, monsieur le ministre, cela est bien; vous m'accorderez que je ne l'ai jamais nié, et même que j'ai quelque peu risqué ma peau pour l'affirmer; mais, tout le droit que vous soyez, vous ne supprimerez pas le fait. Il existe, le fait, le fait brutal, très-brutal même, j'en sais quelque chose. En tous temps, il faut compter avec le fait; mais bien plus encore quand c'est le Prussien qui marque les coups, et que, derrière le Prussien, il y a l'empire.

En est-on, à Versailles, à croire que le mouvement de Paris soit absolument factice? Nous ne pouvons l'admettre. Croit-on que la loi municipale qu'on a faite suffira? Je suis assuré du contraire. Les gens sensés, il y en a partout, se disent que, vainqueur, le gouvernement devrait faire de larges concessions et que la violence de la lutte rendrait d'autant plus nécessaire la modération dans la répression.

***

Les hommes qui voient un peu loin frémissent à l'idée de cette rentrée dans Paris vaincu, par la brèche, du défilé des troupes dans les avenues en ruines, devant l'Arc-de-Triomphe mutilé, et ils songent à tout ce qu'il faudrait d'amour pour effacer ces traces de la haine.

En vérité, le cœur déborde quand on lit des choses comme celles que nous venons de citer. Qu'on flétrisse les faux conciliateurs, soit, et, s'il le faut et qu'on l'ose, qu'on les nomme; mais qu'à l'avance, et froidement, on condamne la conciliation, qu'on n'ait pas un mot pour les hommes de bonne foi; cela est mal et cela est maladroit.

***

Oui, maladroit; vous ne savez pas, monsieur le ministre, ce qu'il y a encore ici, dans ce Paris dépeuplé, de cœurs dévoués à la patrie, prêts à se mettre en avant pour arrêter l'effusion du sang.

Mais que faire quand on se rappelle que M. Picard nous a mis tous à *l'index* et presque traités de lâches ;

Quand on voit qu'à votre tour vous nous jetez au même panier que les hypocrites et les traîtres ?

On hésite, car qui nous prouve, si nous avançons entre les rangs, que les premiers coups ne seront pas pour nous ?

Fâcheuse circulaire, monsieur le ministre ; fâcheuse et inutile.

Mieux eût valu saisir l'occasion d'expliquer ce qu'il y a de vrai dans le mouvement de Paris, car il y a du vrai; de saisir et de mettre en lumière la réaction contre le despotisme administratif de l'empire un moment arrêtée par les tristesses patriotiques du siége.

Mieux eût été de provoquer de la part d'hommes en contact avec les esprits les plus sérieux une sorte d'enquête sur ce mouvement, dont les ramifications morales avec la province sont indéniables, et de chercher dores et déjà à en faire profiter la France entière par une sage en même temps qu'énergique décentralisation.

Vous eussiez mieux ainsi que par des cordons militaires, coupé les vivres à l'émeute. Il fallait donner satisfaction à ceux qui demandaient avec calme le juste, et garder la force pour ceux qui exigent violemment l'injuste.

***

Mais, pour cela, il fallait tenir compte du fait, l'étudier et non pas, avec une dangereuse superbe, le nier absolument et condamner, avec les coupables, les avocats désintéressés qui plaident les circonstances atténuantes.

C'est une faute et j'y insiste.

***

D'autres aussi, d'ailleurs, commettent des fautes. Cela n'est pas consolant, car toutes ces fautes, les vôtres et les leurs, concourent au résultat que j'ai dit. Les autres, ce sont ceux que vous combattez. Oh ! ils ne sont pas adroits, je vous l'accorde. Ils ajoutent chaque jour une erreur à l'erreur.

Ils semblent avoir fait la gageure de ne pas oublier une maladresse des pouvoirs passés. La séance de la Commune du lundi 24 avril est à conserver. Il y a là, sur la nécessité du secret en matière criminelle, un ensemble de raisonnements et de théories à rendre jaloux les anciens inquisiteurs.

Ces fautes mêmes devraient vous rendre plus facile à la conciliation. Si vos adversaires, vos ennemis, se tenaient sur le terrain du fait, ils seraient à redouter; ils entrent sur le terrain du droit; ils adoptent les errements des pouvoirs légitimes; ils s'attribuent les immunités et les priviléges contre la raison et le droit naturel que l'hérédité ou l'élection populaire expliqueraient sans les justifier; ils font votre joie; ils se perdent.

Au lieu de s'appuyer sur la liberté, ils usent de l'arbitraire; ils confisquent toutes les libertés, ne donnant en échange aucune sécurité; ils se condamnent eux-mêmes.

Les gens sérieux l'ont bien compris et ils vous l'auraient dit depuis longtemps si vous les aviez écoutés; mais vous avez une façon d'écouter les conciliateurs.....!

Me voilà cependant de nouveau sur la brèche et, malgré circulaires et discours, prêt à recommencer mon antienne : la conciliation !

Certes, le sang versé m'attriste, et le bruit du canon est particulièrement agaçant. Il est peu gracieux de recevoir une bombe à laquelle on n'a rien fait, ou d'être troué par une balle venue d'un ami peut-être, et à coup sûr d'un compatriote ; mais, sans être cruel, là n'est point le pire. On se fait à tout, même au bruit du canon ; depuis sept mois, nous l'avons tant entendu !

Le pire, c'est de songer que tout ce mal qui s'accumule, c'est la liberté et la République qui en porteront la lourde responsabilité.

La liberté, la République et quelques autres encore.

J'achèverai sur cette idée cet écrit trop long, car j'ai bien peur qu'il ne soit inutile.

L'Assemblée passe, à tort ou à raison, non-seulement à Paris, mais en France, pour représenter au complet les partis attachés à la monarchie.

Il y en a trois :

Légitimité,

Fusion,

Orléanisme.

Puis un quatrième qu'on pourrait appeler la Fusion monarchico-républicaine ou Stathoudérat.

Il résulte de cela que les horreurs de la guerre civile — horreurs n'est pas trop fort pour qui a vu l'évacuation de Neuilly le mardi 25 avril, — il résulte, dis-je, que ces horreurs retombent, aux yeux des superficiels, et c'est l'immense majorité, sur

La Commune — à tout inventeur tout honneur;

La République ;

La Légitimité ;

La Fusion ;

L'Orléanisme ;

Et le Stathoudérat.

Les défenseurs ou partisans de ces principes ou de ces idées, n'ayant pas su ou n'ayant pas voulu trouver un terrain de conciliation.

Tant que la paix est possible, ce mal moral peut se réparer; quand la lutte aura pris fin par la victoire, — la victoire! — il sera trop tard; car si la défaite doit être de celles qui écrasent un parti pour des années, cette victoire sera de celles dont nul pouvoir au monde ne supporterait le fardeau.

Et alors....?

Alors, vous le devinez, celui qui s'est tenu, mystérieux et *malade*, à l'écart; apparaîtra, sinistre pacificateur, et, reprenant à la Commune sa raison d'Etat, son secret criminel et les autres armes du despotisme qu'il lui a prêtées, empruntant au gouvernement de Versailles ses résistances, ses refus de concessions et ses soldats, il fera de la conciliation, lui, une terrible conciliation, comme en faisait à Nantes, au beau temps de la Terreur, Carrier, le proconsul, et tous nos rêves, et toutes nos croyances, et toutes nos libertés se marieront dans la tombe.

Il faut être aveugle pour ne pas voir cela ; pour ne pas comprendre que cet obus, lancé sur nous tous, nous broiera tous, pour ne pas s'arrêter dans une voie dont l'issue est fatale.

Comment s'arrêter? dira-t-on.

En proclamant la République et en donnant au pays, de la circonférence au centre, c'est-à-dire de la Commune (rien de l'Hôtel de Ville) à l'État, le *self-government*.

Le jour où cela sera fait, toutes ces faiblesses que nous avons énumérées formeront un faisceau puissant

Le jour où cela sera fait, les arrière-pensées dissolvantes, les ambitions égoïstes seront obligées de se taire.

Vienne l'obus alors, il n'éclatera pas; il tombera inerte ; et, n'étant plus dangereux, il deviendra ridicule.

En France, le ridicule tue :

La France sera sauvée.

H. VRIGNAULT.

29 avril 1871.

Paris. — Imp. de Dubuisson et Ce, rue Coq-Héron, 5.

www.ingramcontent.com/pod-product-compliance
Ingram Content Group UK Ltd.
Pitfield, Milton Keynes, MK11 3LW, UK
UKHW020422230726
13925UKWH00004B/1560